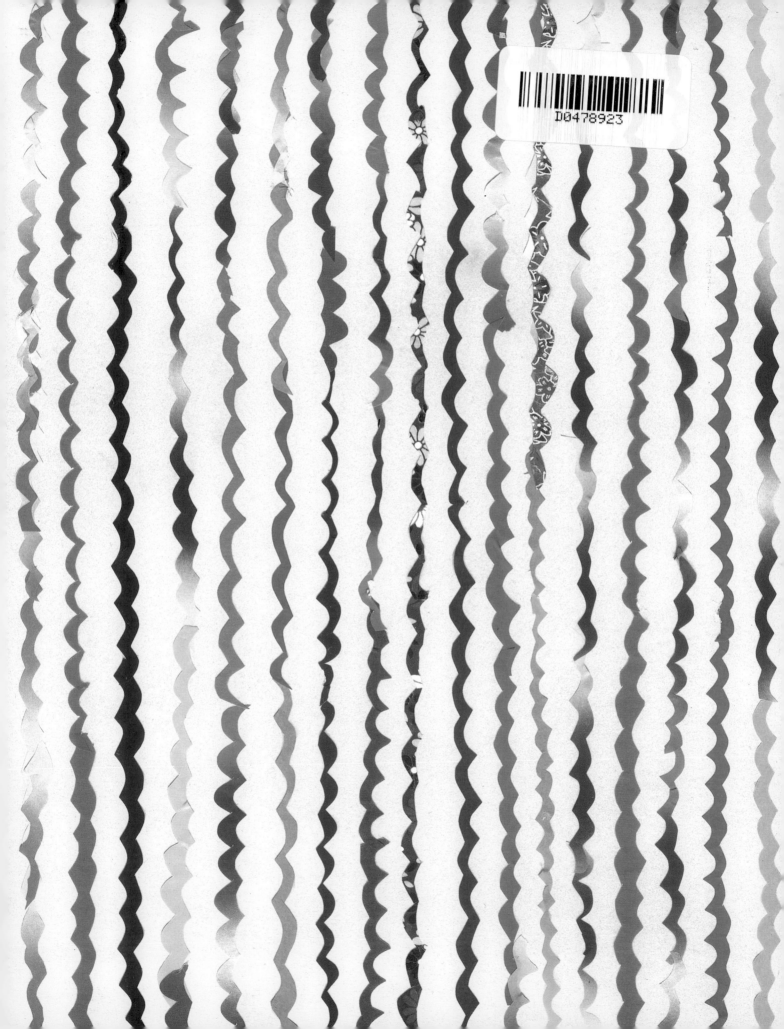

D0478923

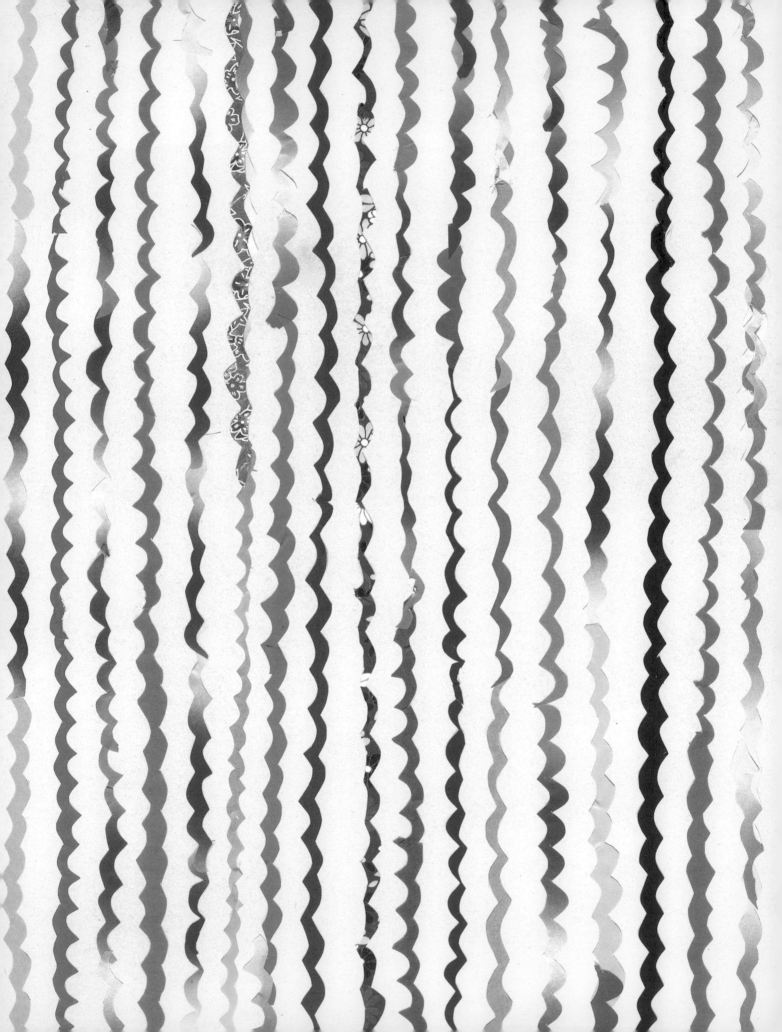

¡VIVA! ¡UNA PIÑATA!

Elisa Kleven

TRADUCCIÓN DE LIDIA DÍAZ

Dutton Children's Books · Nueva York

Derechos © Elisa Kleven, 1996
Reservados todos los derechos.
Derechos de la traducción © Dutton Children's Books, 1996
Library of Congress Cataloging-in-Publication Data
Disponible a solicitud del interesado.
Título del original en inglés: *Hooray, a Piñata!*
by Elisa Kleven
Publicado en los Estados Unidos de América, en 1996,
por Dutton Children's Books,
una división de Penguin Books USA Inc.
375 Hudson Street, Nueva York, Nueva York 10014
Diseñado por Sara Reynolds
Impreso en Hong Kong
Primera edición en español
ISBN: 0-525-45606-6
1 3 5 7 9 10 8 6 4 2

Para Mia, que adora las piñatas

Con sincero agradecimiento a
Paul, Sean, Donna y Sara

Pronto sería el cumpleaños de Clara.

—En mi fiesta va a haber un pastel —le dijo Clara a su amigo Sansón.

—Por supuesto que habrá un pastel —respondió Sansón—. Siempre hay pastel en las fiestas de cumpleaños.

—Y también va a haber globos —agregó Clara.

—Todo el mundo tiene globos en sus fiestas —replicó Sansón.

—Y también va a haber una piñata —dijo Clara orgullosamente—. Hoy mi mamá me va a llevar a elegir una. ¿Quieres venir?

—¡Viva! ¡Una piñata! —exclamó Sansón aplaudiendo—. ¡Me encantan las piñatas!

—A mí también me encantan —dijo Clara, mientras su madre los llevaba a la tienda de piñatas—. Me encanta llenarlas con dulces.

—A mí me fascina zurrarlas —dijo Sansón.

—Y azotarlas y quebrarlas —dijo Clara.

—¡Y aplastarlas y golpearlas, y hacerlas pedazos! —gritó Sansón.

—¡Y ver cómo caen los dulces! —chilló Clara.

—¡Y comerlos! —exclamó Sansón.

¡Había tantas piñatas para escoger! Burros y dinosaurios, pavos reales y estrellas, robots y barquillos de helado, leones y corderos… todas con sus brillantes rizos y firuletes de papel. Había incluso piñatas que representaban monstruos. Sansón le hizo una mueca a una enorme piñata dentada.

—¡Compra este monstruo espantoso en forma de nube de tormenta, Clara!

—¿Un monstruo en forma de nube de tormenta? —Clara negó con la cabeza—. Me gusta esta piñata en forma de perrito. ¿Puedo comprarla, mamá?

—Si es la que te gusta... —respondió su madre.

—Sí, ésta es la que me gusta —afirmó Clara.

—Ese perro es tan pequeño que no podrá contener muchos dulces —le dijo Sansón.

—Igualmente me gusta —contestó Clara.

—Es un buen perrito —dijo el vendedor cuando le alcanzó la piñata a Clara. Clara lo tomó en sus brazos; era liviano y suave, y olía a papel de periódico.

Camino a casa, Clara iba acariciando la piel rizada del perrito.

—Creo que lo llamaré "Fortunito".

—Tiene cara de Fortunito —dijo Sansón.

—Es un perrito buenito —dijo Clara—. Podemos llevarlo al parque y hacer un picnic.

—Mi mamá quiere que esté en casa para almorzar —respondió Sansón—. Y tú tendrías que guardar la piñata para tu fiesta de cumpleaños; no querrás que se te estropee.

—No se estropeará, no te preocupes —le aseguró Clara.

En su casa, Clara le dio a Fortunito un tazón de crocante cereal tostado que se parecía un poco a la comida que comen los perros. A Fortunito parecía gustarle, y cuando terminó de comer, Clara le hizo un collar, le puso una cuerda, y lo sacó a pasear.

En el camino, se detenían
a saludar a la gente

y a otros perros

y a oler los arbustos,
las flores y los árboles.

Luego regresaron a casa y cavaron un profundo hoyo en la arena.

—¿Qué le estás haciendo a esa pobre piñata? —gritó Sansón desde el otro lado de la cerca.

—Fortunito está cavando —le dijo Clara.

—Se está ensuciando todo —respondió Sansón.

—Ya se sacudirá para limpiarse.

—Clara, querida —llamó su madre—. Sacúdete la tierra y ponte el suéter. Vamos a cenar a casa de la abuela.

—Hasta luego, Clara —dijo Sansón—. Cuida esa piñata.

—Lo haré —prometió Clara.

Clara abrazaba con fuerza a Fortunito a medida que el carro cruza-
ba velozmente la ciudad. Fortunito husmeaba el aire, con sus nu-
merosos olores: salados, dulces, a aceite, a pan. Sus orejas aleteaban en
el viento.

La abuela las estaba esperando en la puerta.

—¡Mira, tengo un perro! —Clara corrió a mostrárselo.

—¡Qué perrito encantador! —exclamó la abuela, acariciándolo—. ¡Tan tranquilo y tan limpio!

—Tengo que mantenerlo limpio, porque en realidad es una piñata —dijo Clara—. Si lo bañara, se le arruinaría la piel.

—Pero puedes cepillarlo —respondió la abuela mientras entraban en la casa—. Y puedes mantenerlo calentito —agregó, dándole a Clara una pequeña manta tejida al crochet—. Y aquí tienes un poquillo de dinero para gastar, sólo para tí.

—Gracias, abuela —le dijo Clara, abrazándola.

Clara sabía en qué iría a gastar el dinero: en bizcochos para perros y en una vuelta en el tiovivo que estaba cerca de la casa de la abuela.

Después de cenar, caminaron juntos hasta el tiovivo. Galopando en círculos en su caballo, Clara imaginaba que ella y Fortunito estaban volando.

Y esa noche los dos volaron en los sueños de Clara…

y en su columpio
a la mañana siguiente.

Juntos comieron
sándwiches de queso

y escucharon cuentos,

y dieron vueltas a la manzana en bicicleta con Sansón.

—¡Cuidado con esa piñata! —gritó Sansón, cuando bajaban a la carrera una pendiente.

—¡No te preocupes, Sansón, Fortunito está seguro!

Esa tarde, Clara y Sansón hicieron sombreros de papel para todos los niños invitados a la fiesta al día siguiente. Clara fabricó un pequeño sombrero para Fortunito.

—¡Te gusta tanto esa piñata…! —dijo Sansón—. Va a ser triste cuando la rellenemos con dulces y la rompamos.

A Clara se le llenaron los ojos de lágrimas.

—Yo no quiero que rompan a Fortunito —replicó.

—¿Entonces no quieres una piñata en tu fiesta? —preguntó Sansón—. ¿No quieres dulces?

—Podemos tener los dulces en tazones —sugirió Clara, aunque sabía que eso no sería muy divertido.

Sansón suspiró y dijo: —Tú deberías tener un perro de verdad, Clara. Tal vez yo te pueda conseguir un cachorro para tu cumpleaños.

—No puedo tener un perro de verdad —dijo Clara—. Los perros y los gatos hacen estornudar a mi mamá.

—¿De veras? ¡Qué lástima! Entonces tendré que traerte otra cosa —respondió Sansón.

—¿Qué? —preguntó Clara.

—Aún no estoy seguro. Pensaré en algo que te guste.

A la mañana siguiente, bien temprano, Sansón llegó con dos regalos. Clara abrió primero el paquete más pequeño. Adentro había un hueso de cuero crudo.

—¡Para Fortunito! ¡Gracias, Sansón!

—Abre el más grande —dijo Sansón.

Clara arrancó el envoltorio y vio una cosa grande, dentada y espantosa.

—¡Viva!... ¡Una piñata! —aplaudió Clara.

—¡Bravo!... ¡Una piñata! —aplaudió también Sansón.

—¡Qué piñata! —exclamó la mamá de Clara.

Clara abrazó la piñata en forma de nube de tormenta. —¡Vamos a rellenarla con dulces ya mismo!

—¡Antes de que te hagas su amiga también! —rió Sansón.

El papá de Clara los ayudó a cortar un agujero en la piñata y a rellenarlo con barras de almendra y copos de canela, bollos de fresa y caramelos, masticables, bolsitas con golosinas de gelatina y brillantes conitos de chocolate. Luego cerraron con cinta el agujero y colgaron la pesada nube de tormenta del árbol de Clara.

La piñata tenía aspecto amenazador cuando los invitados iban llegando a la fiesta, pero relumbraba cuando cantaban y comían el pastel.

Sonreía mostrando sus monstruosos dientes cuando los niños se turnaban tratando de romperla. La golpearon, la aporrearon, la aplastaron y la resquebraron...pero esa nube de tormenta aún no se abría... hasta que...

Clara le dio un estruendoso golpe…y la piñata se abrió en una llu-
via de dulces.

Los niños vivaban y gritaban de alegría.

—¡VIVA!... ¡BRAVO!... ¡HURRA!... clamaban felices, aba-
lanzándose para acaparar todo lo que podían.

Y cuando ya habían comido hasta más no poder, jugaron con la piñata. Sansón usó como máscara la amenazadora cara de la nube. Clara se hizo un sombrero con la parte de abajo, y Fortunito persiguió por todo el jardín a un veloz rayo amarillo.

Nota acerca de las piñatas

Las piñatas son objetos de diferente tipo y forma, que se decoran con alegres motivos y se rellenan con dulces y, a veces, con pequeños juguetes. Las piñatas están hechas para ser rotas: en las fiestas de cumpleaños, fiestas de Navidad y otras festividades, los ansiosos invitados las golpean con un palo hasta hacerlas pedazos. Romper la piñata es todo un reto: la piñata se cuelga de una soga y se sube y baja constantemente, y la persona que está tratando de golpearla generalmente tiene los ojos vendados. Cuando finalmente la piñata se rompe, las sorpresas que contenía se desparraman por el suelo y todos se apresuran para arrebatarlas.

La costumbre de tener piñatas en las fiestas comenzó hace unos quinientos años en Italia, donde quienes organizaban las fiestas rellenaban frágiles cacharros en forma de piña (llamados *pignatte*) con pequeños regalos para sus invitados. Pronto las piñatas se hicieron famosas en España, y luego fueron llevadas a México por los primeros colonizadores.

En México, los fabricantes de piñatas comenzaron a construir atractivas figuras de animales, pájaros y estrellas de papel que envolvían simples cacharros de cerámica, decorándolas con pinturas, plumas y papel de colores. A pesar de que las piñatas tradicionales se construyen aún en base a vasijas de arcilla, hoy en día la mayoría de las piñatas se hacen con papel maché (tiras de papel de diario unidas con engrudo) y se decoran con guirnaldas festoneadas, serpentinas y rizos de papel de seda.

Aunque las piñatas generalmente se asocian con las fiestas latinoamericanas, están ganando popularidad en otras partes del mundo. Imaginativas, luminosas y efímeras como las brillantes velas de un pastel de cumpleaños, las piñatas otorgan una alegría especial a todo tipo de celebración.

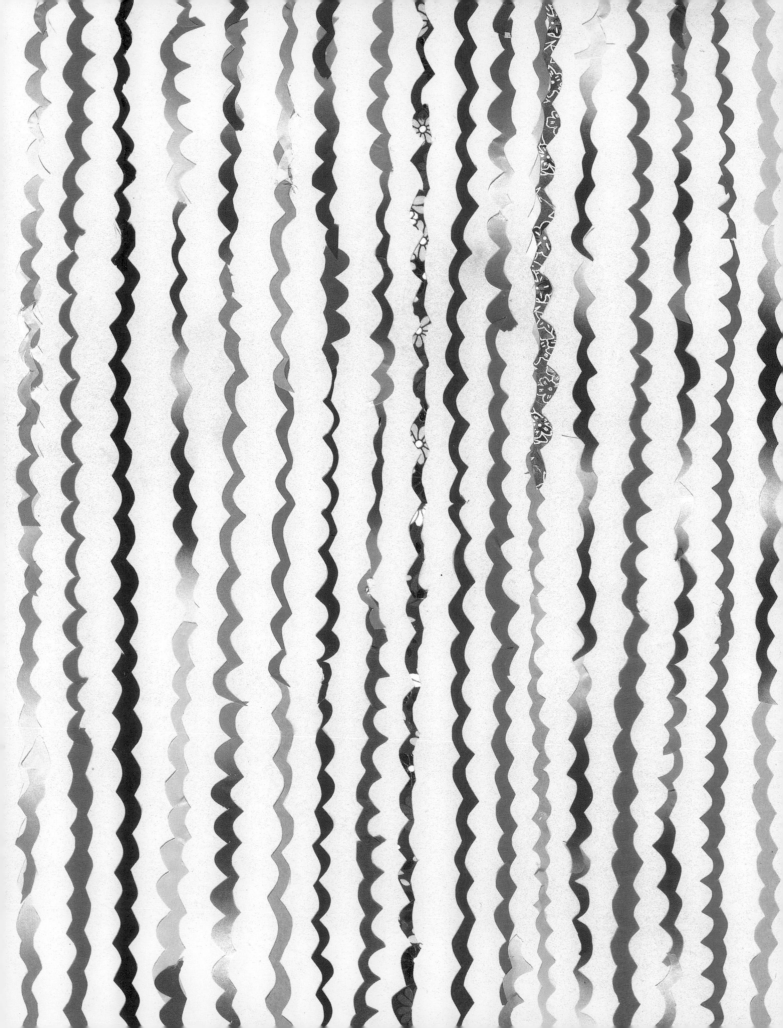